적당히 쓸쓸하게 바람 부는

심재휘 시집

문학세계사

□ 시인의 말

어릴 때 내가 띄웠던 종이배들, 혹은 놓쳐버렸던 풍선들
은 지금 어디에서 무엇을 할까 궁금해하지 않기로 한다.
굽은 길을 따라 사라져버리는 것들, 높이 올라가 어디론가
로 흩어져버리는 것들에 대해 무심해지기로 한다. 오늘은
적당히 쓸쓸하게 바람 부는 날이며 아마 내일도 그럴 것이
다. 그것은 나의 안과 밖이 모두 어쩔 수가 없는 것이다.
뒷걸음질치는 저 풍경들과 손을 잡을 수는 없으므로 나는
그저 바라볼 뿐이고 이제 천천히 걸어갈 뿐이다.

2002년 늦가을
심재휘

1 바람의 경치

3 쓸쓸한 향기

1
바람의 경치

남쪽 마을을 지나며

서러움 하나 간신히 빠져나갈
참나무 숲을 지나자 가을 저녁은
목화밭 너머의 봉분들과 참
다정해 보였습니다
마을은 낡은 그림자들을
탐스럽게 매달고 있었습니다
초행길이었습니다
엉겁결에 전생 하나를 밟고
신발이 더러워지기도 했습니다만
무덤 같은 신발로 오래 걷다 보면
낯선 곳에서도 겨울은 맞을 만합니다
단지 잎 다 진 키 작은 나무에
탐욕스럽게 매달려 있는 모과처럼
오늘과 나는 서로 이복형제 같아서
조금 서러웠습니다

동굴 속의 산책

오늘은 그 작은 동굴의 끝을 향해
도리 없이 터벅터벅 걸어가야만 했을
외할머니와 그 굽은 등에 대해 생각하는
흐린 날입니다

대숲이 빛나는 오후에
외할머니의 디딜방아 밟는 소리
동굴에 숨어 듣기가 좋았으나 정작
매혹적이었던 것은 동굴이 내는
바람소리였습니다

그 소리를 따라 동굴로 들어가다 보면
어머니의 어머니로부터 멀어져
문득 등 굽은 디딜방아 소리가 그리워지지만
내가 흘려 놓은 그녀들의 밀전병은
어느 검은 새가 들고 갔을까요
얼굴에 와 닿는 이 어두운 바람의 냄새

생에 대한 예의는 동굴을 천천히 거닐며
어딘가에 있을 바람의 출구를 찾는 일 그러므로
오늘은 동굴 속의 산책을 생각하기에
적당히 쓸쓸하게 바람 부는 날입니다

오늘,

한 그루의 느티나무를,
용서하듯 쳐다볼 수 있다는 것만으로
나는 얼마나 행복한 것이냐

저녁이 되자 비는 그치고
그 젖은 나무에도 불이 들어온다
내가 마른 의자를 찾아 앉으면
허튼 바람에도 펼쳐진 책이 펄럭이고
몇 개의 문장들은 사방으로 흩어진다 그러면
길 위에 떨어진 활자들 서둘러 주울 때
느닷없이 다가와 말을 거는
수많은 어둠들

저 느티나무 밑을 지나는 오래된 귀가도
결국 어느 가지 끝에서 버스를 기다릴 테지
정류장에서 맞이하는 미래처럼
서로 닮은 가지들의 깜박거리는 불빛 속마다
조금씩 다른 내가, 조금씩 다른 표정으로

앉아 있을 테지, 벗겨도 벗겨도 끝내
속내를 보여 주지 않는 오늘들

그런 것이다
생의 비밀을 훔쳐본 듯
내게로 온 투명한 하루가, 서서히
그러나 불치병처럼 벗겨지는 풍경을
홀로 지켜보는 일에 대하여, 단지
우리는 조금 쓸쓸해지면 그만이다

편지, 여관, 그리고 한평생

후회는 한평생 너무나 많은 편지를 썼다는 것이다
세월이 더러운 여관방을 전전하는 동안
시장 입구에서는 우체통이 선 채로 낡아갔고
사랑한다는 말들은 시장을 기웃거렸다

새벽이 되어도 비릿한 냄새는 커튼에서 묻어났는데
　바람 속에 손을 넣어 보면 단단한 것들은 모두 안으로
잠겨 있었다

　편지들은 용케 여관으로 되돌아와 오랫동안 벽을 보
며 울고는 하였다

　편지를 부치러 가는 오전에는 삐걱거리는 계단에서
　낯선 사람을 만나기도 하였는데 누군가는 짙은 향기
를 남기기도 하였다
　슬픈 일이었지만

오후에는 돌아온 편지들을 태우는 일이 많아졌다

내 몸에서 흘러나간 맹세들도 불 속에서는 휘어진다
연기는 바람에 흩어진다
불꽃이 '너에 대한 내 한때의 사랑'을 태우고
'너를 생각하며 창밖을 바라보는 나'에 언제나 머물
러 있다

내가 건너온 시장의 저녁이나
편지들의 재가 뒹구는 여관의 뒷마당을 기억할 것이
다 그러나
나를 향해 있는 것들 중에 만질 수 있는 것은 불꽃밖
에 없다
한평생은 그런 것이다

玄關, 그리고 벗어놓은 신발

세월을 용서하며 서 있는 오래된
느티나무의 언덕에 오른다 그곳에서 간혹
아득히 내 집이 보일 때가 있다
그런 날 마을의 길이 낯설고
골목에서 새어나오는 바람들만 얼굴을 스치고
알고 간 길이 막다른 골목일 때
그저 오래 눈에 익혀온 주름진 손을 들어
바람의 깊은 냄새를 맡는 수밖에 없다

사람들은 손금을 파듯 거리를 걷는다
술집은 저녁과 밤의 경계에 있고 누군가는
한없이 긴 통화에 외로움을 탕진하기도 한다
그 바람의 경치를 마주보며 나는
천천히 얼굴을 쓸어 내린다 그러면
눈썹 즈음에서 딱딱하게 만져지는 고독과
고려당 애플파이 앞에서 다시 느끼는
놀라운 허기

귀가는 언제나 불 꺼진 방의
불을 끄기 위한 것인데 玄關이 좁고
어두운 것은 누구를 위한 예의인가
거실의 소파는 오직 낡기 위해 누워 있고
미니시리즈는 예고편까지도 녹화방영이므로
나는 늘 재방송이 궁금하다
그런데 왜 현관에 벗어놓은 신발에는
아직도 내가 벗겨지지 않은 채 서 있는지
도대체 또 어디로 가려는지
참 알 수가 없다

11월의 숲

가을이 깊어지자 해는 남쪽 길로 돌아가고
북쪽 창문으로는 참나무 숲이 집과 가까워졌다
검은 새들이 집 근처에서 우는 풍경보다
약속으로 가득한 먼 후일이 오히려 불길하였다
날씨는 추워지지만 아직도 지겨운 꿈들을 매달고 있
는
담장 밖의 오래된 감나무에게 작별인사를 한다
이제 나는
숲이 보여주는 촘촘한 간격으로 걸어갈 뿐이다

여러 참나무들의 군락을 가로질러 갈 때
옛사람 생각이 났다 나무들은 무엇인가를 보여주려고
자꾸 몸을 뒤지고는 하였지만 그들이 할 수 있는 것은
길쭉하거나 둥근 낙엽들의 기억에 관한 것밖에는 없
다
나는 내가 아는 풀꽃들을 떠올린다
천천히 외워보는 지난 여름의 그 이름들은 그러나
피어서 아름다운 순간들에만 해당한다

가끔 두고 온 집을 돌아보기도 하지만
한때의 정처들 어느덧 숲이 되어 가는 폐가들
일찍 찾아온 저녁의 기운에 낙엽 하나가
잔 햇살을 보여주기도 감추기도 하며 떨어진다
사람들은 그 규칙을 궁금해하지만 지금은
낙하의 유연함을 관람하기로 하는 때 그리하여
나는 끝없이 갈라진 나뭇가지의 몸들을 만지며
내가 걸어가는 11월의 숲이
가장 아름답다고 생각할 뿐이다

봄꽃나무 한 그루

봄꽃나무는 어쩔 수 없이
나뭇가지 하나로 봄을 맞이할 수밖에 없다
꽃이 한 나무에 내리기 위해 준비한 그 오랜 시간도
바람 부는 아침의 어느 가지 위에 놓이고 나면
결국 꽃 한 송이의 무게로 흔들릴 뿐
꽃 핀 가지는 또 새 가지를 내어
조금씩 가늘어지는 운명의 날들을 선택한다

그래서 해마다 봄에 관한 나의 고백은
꽃을 입에 문 작은 새처럼
꽃가지에서 빈 가지로 옮겨 앉고 싶을 때가
많았다는 것인데

삶이 시시해진 어느 봄날
만개한 봄꽃나무 밑을 지나다가
나는 꽃들을 거느린 가지들의 그늘에 잠시 누워
활짝 핀 꽃나무의 풍경 하나를 보고 싶어진 것이다
조금씩 다른 표정으로 피는 꽃들이

가지마다 저대로 살아가는 한 나무를

봄꽃나무에 대한 그대의 기억이
단지 그대가 손 내밀어 잡았던 바로
그 가지의 꽃향기로 언제나 술렁거리는 것인데 혹시
그대가 가지 못한 어느 길에 대해 궁금해한다면
나처럼 만개한 봄꽃나무 아래 잠시 누워보라
그대가 기억하지 못하는 저 수많은 가지의 꽃들도
모두 하나의 꽃 이름으로 지금 불타고 있다는 사실

겨울의 질척거리는 밤거리

낯선 거리였다
눈이 내릴 것 같았다
재앙이 오기 전에 서둘러 대문에 못질하듯
사람들은 투명한 발소리를 내며 걸었지만
겨울의 거리가 어두워지는 것은 아주 쉬웠다
돌아보면 눈 내리는 풍경이 따라왔다 그러면
누구나 폭설을 예상한다 하지만 간혹
운명의 한 귀퉁이 벗겨진 칠 사이로
자신을 닮은 한 사람이 섬광처럼 지나가는 것을
볼 때도 있는 것이다 나는 드디어
골목을 수없이 거느린 밤의 거리로 접어든다
한 거리가 다른 거리로 어떻게 이어지는지
그 곡절에 대해 자세히 알 필요는 없지만
저 골목을 돌면 그 골목을 돌아나오는 나를
딱 마주칠 것 같아 걸음을 멈춘다
건널목의 신호등은 호객꾼처럼
곳곳의 골목을 음산하게 비추고 있다
나는 찬 손을 쉽게 주머니에 넣지 못하고

구두에 쌓여 녹아 가는 눈을 내려다본다
나무들이 제 가지 끝의 침묵에 이르는 길을
곰곰이 생각해내느라 가로수 어둠에 묻힌 거리
쇼윈도에 진열된 고려당 애플파이 앞에서
겹겹이 쌓인 시간 앞에서 오늘밤 나는
조문객처럼 눈을 맞는다

안개, 여관, 물소리

수몰된 것들의 마음이 밤새
자욱하게 내려앉아 내가 든
안동역전 여관방에는 어디로 가는지
첫 기차 소리가 축축하였는데
미명 속으로 멀어지는 누군가의
젖은 발소리도 용서하고 싶었는데
창가에 놓아둔 선인장의 적의에 놀라
세수를 하고 텔레비전을 켜고 다시
침대에 누워 생각해 보면 저 기차
안동이 종착지일지도 모르겠다고
이 방 어딘가에 숨어 이따금
커튼을 흔드는 바람
그런데 바람도 뚫을 수 있을까
여관방에 안개처럼 기어든 새벽의 소리들은
모두 젖어 한 방울씩 떨어져 보는데
낡은 수도꼭지의 쉽게 잠기지 않는 생은
그러나 때가 낀 세면대에 잠시 머물다가
온수든 냉수든 길고 어두운 하수도관을

따라가면 그뿐 그러면 좁고 더러운 여관방에는
내 몸 사라지고 오래도록 물소리만 가득 남을 뿐

북쪽 벽에 못을 박고

나의 방 북쪽 벽은 계단 같기도 하고
어두운 골목 같기도 한데
실은 수많은 책들이 꽂혀 있는 문이다
이따금 아무 책이나 골라 읽기도 하는데
책마다 문법들이 서로 달라 망연히 표지를 덮으면
어느새 저녁이 와 있을 때가 많았다

뭐랄까 책은 그저 신발 같은 것이어서
가슴 높이의 못에 바람의 경치를 걸고
한나절 바라보는 의자의 날이 늘었다 벽에는
커다란 창문이 생기고 새들이 난다
내가 눈여겨보는 것은 바람의 방향이었다
하여 잠시도 몸을 가만두지 못하는 구름이
애처로워지는 가을이었나 보다

놀이터의 벚나무가 한 떼의 나뭇잎을 쏟는다
가지에 매달려 오래 바람에 시달렸던 나뭇잎들은
바람의 등을 자유롭게 미끄러지며 내려온다

미끄럼을 내려온 아이는 그네를 타러 뛰어가고
세상으로 날아오르는 하학길 여고생들
여름새처럼 지저귄다 그 곁을 천천히 걸어
지상에 당도하던 나뭇잎 하나가
빙그르르 몸을 돌려 하늘을 올려다보는데

나는 다시 북쪽 벽에 못을 하나 박고
새들과 나누었던 생전의 이별들을 건다
부드러웠지만 만질 수가 없는 것들
달빛만이 가끔 어루만지며 지나갈 뿐이다

공룡발자국 화석

겨울이 목전인 남쪽에서는
마늘 파종이 한창이었습니다
그러면 또 겨울 내내 검은 흙 속에서는
매운 것들이 꽃 피울 생각에 잠기겠지요

바싹 마른 木花는 무엇인가
단단한 것을 꼭 움켜쥐고 있네요

다 익은 감들은 땅으로 몸을 던져
내세를 꿈꾸는데요

겨울을 피해 헤매던 축생들의 발자국
붉은 바위에 어지러웠습니다

사실은
누가 그게 공룡의 발자국이라 일러
그런가보다 했습니다

내일을 장담할 수 없을 땐
만질 수 있어야 몸이지요

폴라로이드

저녁 가까운 길을 한참 걸었던 것 같다

아가씨가 내민 메뉴판에
밥알같이 적힌 것들 참
명쾌한 음모 같다

심각한 얘기였을 것이다 나는 듣기만 하였는데

주문한 음식이 나오고
가족들의 따뜻한 생일선물이 나오고
점원 아가씨는 플래쉬를 터트린다
공모하듯 우리는 모두 김치하고

밤의 가운데 어느 벤치였겠지 나만 오랫동안 남아

인화지를 서너 번 흔들자
서서히 각인되는 한때의 행복과
문질러도 지워지지 않는 Made in Time

신용카드 영수증에 굵게 서명을 한다

그런데 아무리 생각을 흔들어도
그때 그녀가 말을 할 때 나를 쳐다보았는지
그 날의 해는 제대로 잘 졌는지

아니
오늘에 찍힌 유효기간은 또 언제까지인지
그런데 왜
만질 수 없는 것들만 이렇게 아름다운지
정말

기울어 있는

막 죽은 여자의 몸에서
오래 전에 태어났다는 계집아이가
막대 사탕을 빨며 뛰어간다
발소리는 거리에 더 남는다

나는 노상 자판기에 기대어
캔 속의 코카콜라가 얼마나 남았는지
들여다본다 참 맑은 그 어둠의 바깥은
봄날이었고 아 그날
내게 내어준 바람의 한 쪽 어깨는
넓고 편안했다고 함부로 기억할 것이다

어쩌면 내가 기운 것처럼 보인 것은
사람들이 바람을 제대로 못 본 탓일 게다
아니 저 바람 속에 뚫린 구멍 속으로
매일 조금씩 흘려 넣는 나의 영혼으로 인하여
나는 또 알 수 없는 곳으로 조금은
기울어 있는 것이다

Virtual Reality

차창 밖으로는 바람이 시간처럼 미끄러지며
뭐라고 하는데 귀기울이면 알아들을 것만 같은
이방인의 말인 듯하여 추억만 쓸쓸해질 때
달맞이꽃이 막 피어나는 길을 가며 에릭
클렙튼의 노래를 듣는다 내가 처음으로
블루스를 추었던 노래 익숙한 스텝을 밟으며 차는
이제 강변으로 접어들고 일렁이는 기타소리에
강 건너 화면이 무엇엔가 놀라 미세한 파문을 일으킨
다
손 내밀어 만져 보기 전에 진작 눈치챘어야 했어
보일 듯 말 듯 흔들리는 어깨를 보이며 그녀는
떠났지 여운보다 먼저 노래는 끝나고 다시 주파수를
薄暮의 세상에 맞추어보는데 회상도 높은 저녁이
눈앞에서 지지직거리며 지워지는 걸 가까스로
전조등 밝히며 집으로 가는 오늘, 오늘밤은
원더풀 투나잇
원더풀 투나잇

* Virtual Reality : 가상현실

뱅뱅 사거리

예고 없이 비 내리는 뱅뱅 사거리
회전 초밥집에 그는 앉아 시계방향으로
취한 어깨가 기우는 걸 자꾸 추스를 터인데
유리창 너머 밤 열시의 좌석버스들은
초밥에 얹힌 살점들의 生前처럼
바닷속을 한없이 떠돌고 싶을 터인데

요리대에 서서 가만히 주먹밥을 만드는
주방장 여기에는 무슨 고기를 얹을까
돌아가는 그릇들 너머 그의 얼굴을
물끄러미 보다가 밤이 깊었다고
오늘은 문을 닫아야겠다고 뜬금없이
밤비 오는 거리로 그를 밀어내는데

택시를 타고 집으로 갈까 주머니 속
동전의 까끌까끌한 테두리를 만지며
찌걱거리는 보도블럭 위에 섰다가
지나가는 바퀴가 검은 물을 튀겨

내 몸 하나 급히 피하고 보니
낯선 처마 밑에 널부러진 취객 하나

맛있는 밥

구내식당에서 점심을 먹다가
나뭇가지들이 햇살을 버티는 창밖을
슬쩍 본 것은 잠시였는데
지나간 사랑이나 이루지 못했던 꿈에 대해
간신히 생각한 것도 잠시였는데
식판에 놓인 젓가락의 그림자는 그새에도
철길처럼 길게 늘어나 있었다
볕을 피해 앉은 그늘진 구석으로
어느새 해는 따라와 자신의 영토 속으로
내 끼니를 끌고 들어가는데
나는 배고픔도 잊고 젓가락의 그림자를
보이지도 않는 노쇠의 행로를 눈금 그으며 지켜보다
가
부질없어 밥이나 먹었다
내 손에서 열심히 제 삶을 부리는 젓가락 사이로
그러나 붉은 殘像은 따라와
모진 생애의 그늘을 이어나가고 있는데
하얀 식탁은 한없이 넓은데

나는 할 수 없어서 밥만 먹었다
눈을 감아도 눈을 떠도 슬픈
맛있는 밥

바람의 경치
—— 낯선 마을의 달

겨울과 봄의 사이 또는 낮과 밤의 사이에서
생각하면 나는 어느 쪽에 서 있었던가
낯선 마을의 초입에서 어느덧 달이 뜬다
아직은 쌀쌀한 날씨에도
젊은 사람들은 마을 공터에 모여
알 수 없는 저수지의 깊이에 관해서
차고 기우는 것들에 대해 이야기한다
그러면 아이들이 돌리는 깡통 속의 불은
제 목숨으로 속없이 둥글게 빛난다
허나 제자리에서 오래 돌수록 밝음도 지치는 것
그러면 타다 만 불씨들을 발로 비벼 끄듯
엉덩이에 붙은 검불을 털어내듯
모두들 집으로 돌아가 잠이 들 것이다
마침내는 어둠에 빚지게 될 터이다
그랬던 것이다 저 낯선 마을의 달이
어둠에 깃들어 사는 것처럼
나는 어느 쪽에도 서 있지 않았던 모양이다
마을 하나가 불현듯 내게로 다가와

나를 슬쩍 슬쩍 지나갔던 모양이다
그랬던 것이다

망치가 망치를 만드는 정오

내 눈의 어두운 부위를 잘 들여다봐 오늘은 어린이날
이야, 달력이 창녀처럼 속삭인다 김밥을 마는데 내 몸
에 함께 감기는 얇고도 질긴 어둠, 내가 맞서야 할 것이
있다면 차고 기우는 달의 규칙이 아니라 이 별에 떠도
는 음산한 기운이다 밀물과 썰물에 관한 인류의 오래된
편견이다 과연, 어둠에 이르는 나의 길은 징검다리인가
혹은 사다리인가 오월의 햇살이 눈부셔 기대선 나무는
어느 왕조로 가는 입구이기에 땀에 젖은 입장권처럼 읍
을 하고 서 있나 민속촌 수양버들의 그늘을 걷다가 내
아버지의 아들과 내 아들이 당도한 대장간의 단단한 모
루, 꽃나무를 후려치는 바람은 여전히 제 손목의 시계
를 가리키며 교활하게 웃지만 우리는 그냥 불린 쇠에서
닳는 연장이 되어갈 뿐, 발로 밟고 손으로 돌리며 스스
로 바람을 만들어 내는 저 대장장이의 근육들 얼마나
성스러운가 그러니까 달구고 식히며 큰 망치가 작은 망
치를 만드는 정오에 맞으며 단련되는 망치와 때리며 낡
아가는 망치, 세상엔 그것밖에 없는 것이다

    * 모루: 대장간에서 불린 쇠를 올려놓고 두드릴 때 받침으로
      쓰는 쇳덩이.

섣달 그믐날의 동물원

섣달 그믐날의 동물원에 갔습니다
동물의 집들은 모두 어디로 갔는지
동물원에는 길만 있었습니다
맹수 우리로 이르는 언덕길에서
해가 졌습니다
사람들은 서둘러 동물원을 빠져나가
어디론가로 흩어져 갔습니다.
명절이 되기 전날의 저녁과 텅 빈 동물원과
그리고 내가 남았습니다
천천히 그리고 나지막하게 호랑이가 울고
날고 싶을 때 날아오르는 큰새 우리의 새들
나에게 아무것도 묻지 않았습니다
울타리 안에서 평생 걷기만 한 낙타의
슬픈 눈 속에서도 나는 어둠에 젖는 집들을
바라보아야 했습니다만 마침내 길도 사라진
섣달 그믐날의 동물원은 잠시나마
평온했습니다

저녁엔 추억만 남는다?

일요일 지나 또 월요일
서서히 그리고 마침내 저녁이 오면
한강 가에서 자전거를 탄다
올림픽 대로의 차들이 등을 켜기 시작하는 때
때론 멈추어 서서 한강을 바라보는 때
저녁은 강줄기 따라 흐르고 구르며 동서로 붐빈다
아침 저녁으로 강바람은
부는 방향을 달리해 보지만
어차피 금요일 지나 다시 금요일
추억만 남는다 하늘에 새겨진
이 추운 날의 교차로에는
따뜻한 신호들이 잠시 우리의 자전거를 멈추게 하고
구름의 흔적들을 자꾸 돌아보게 하지만
다시 신호가 바뀌면 몰려오는 거대한 질주
저녁엔 추억만 남는다?
그렇게 생각해? 그럼
자전거를 세우고 잘 들어봐
웅웅거리는 소리

도시를 덮어버리는
바람의 경치를 장악하는 저 음모를

來蘇寺 풍경소리

곧은 길이었다
한 곳에 이르는 모든 길은 서로 닮는다고
來蘇寺는 눈이 쌓이기 전부터
눈빛이었다 처마엔 風磬 하나 있었다

누군가가 지핀 향에선 함부로 연기가 오르고
삼삼오오 모여 찍는 빛의 그림 속에도 어둠이
내리고 있었다 그리하여 저의 발 아래
돌아나갈 숲길을 누구나 하염없이 바라볼 때
풍경 하나 얼핏 움직인 것도 같았다

눈 녹으며 봄 오는 내소사의 숲에는
풍경소리 들릴 듯 말 듯 하였는데
風景 안에는 그 소리 지워지고 없었다
투명한 겨울 빛도 비껴가는
한 마리 눈 먼 물고기
바람의 풍경은
오랫동안 거기에 매달려 있었다

바람의 경치
—— 경포호

산맥 같았던 것들이 밀리고 밀리면
동쪽 변방의 호숫가 어느 오래된 나무
지나가는 물새가 잠시 해를 가리는 동안
새 혓바닥만한 버들잎이 한 몸 떨어진다
한순간 숨을 멈추는 오전이었다
천지간에 해일처럼 살다가
막 지워진 파문에 꽂혀 끝없이
죽음을 타전하는 작은 잎
투명한 경계에 누워 하늘을 올려다보면
호수에 그늘을 드리운 버드나무들의
반짝이는 오늘은 얼마나 평화스러운가
잠시 흔들린 수초들의 그림자가 다시 꼿꼿해지고
수면은 明鏡止水로 봄날이 가는데
흐린 물바닥에선 지붕이 날아가고
전신주가 뿌리째 뽑히고
더 깊은 물 속에선 거대한 별똥이
휙 제가 지나온 길을 손가락질하며
사라졌다

바람의 경치

고속도로를 지나 국도와 또 어느 봄날
느티나무 저 높은 가지 끝에도 물이 오를까
싶은 지방도로 끝난 곳에서 우리는 무슨 잎을
피우나 이제 그대에게 어떤 편지를 쓰나
그리운 당신 더 쓸 말은 없구려 이만
생각하면 언제나 누군가 옆에 있었건만
바다로 이어진 제방에 나는 늘
혼자 앉아 있었던 거였다
산기슭에서 연을 날리던 아이들은 바람 부는
들판을 쏘다니다가 어느 뻘밭에서 늙어갔는지
포구의 폐선들 잔물결에도 일렁거린다 때때로
바람은 숲에 몸을 숨기고 우리를 노려보다가도
낄낄대며 나와 새들을 높이 날리곤 하였는데
새들이 바람을 몸에 품으며 바람의 영토에서
훨훨 벗어나는 걸 바람은 몰랐던 거다
몰랐으므로 또한
새가 되지 못하는
나는

당도하지 않은 그대의 소식처럼 떠돈다
그러나 떠도는 것은 그대와 나의 운명
여관에서 밤새 썼던 나의 편지들이
우체국 어두운 사서함 속에서 낡아가듯
그대 역시 마을의 거리에서 혼자 늙어갈 테지
온몸에 바람의 문신을 새기며 쓸쓸할 테지
하지만 그대여 나는 내 얼굴을 스쳐 천천히
지나가는 이 잔혹한 기운 속에다 이렇게 쓰려 한다
그대와 함께 했던 날들은 감히 아름다웠다고

2
폭설

폭설

밤에 편지를 쓰지 않은 지가 오래 되었다
보고 싶은 사람들이 겉봉에서 낡아갔다
회귀선 아래로 내려간 태양처럼
따뜻한 상징은 돌아오지 않았다
내내 거친 눈이 내렸다
사람들은 눈싸움을 하며 추억을 노래했으나
단단하게 뭉쳐지는 것은 아무것도 없었다
제설차가 지나온 길은 다시 눈에 덮이고
눈 먹은 신호등만 불길하게 깜박거렸다
바람이 모든 것을 얼어붙게 하였으므로
생각하는 것은 위험하였다 모두들
주머니 깊숙이 손을 넣고 수상한 암호 만지듯
동전만 만지작거렸다 나는
어두운 창고에서 첫사랑을 생각해야 했다
언 손을 불며 자전거 바퀴를 고치다가
씀바귀며 여뀌며 쑥부쟁이를 몰래 생각하였다

어둠은 어떻게 오나

예전처럼
새들을 불러모으는 숲속에서
연기처럼 새어나온다거나
젖은 몸을 털며 물 속에서 천천히
걸어나온다고 생각하지는 않는다
오늘은
사람들이 켜든 온갖 등불의 발 밑에
어둠이 갑자기 와 얼룩으로 누워 있다

다시 목련을 꿈꾸며

꽃씨를 받지 못한 지 오래되었다고
고향에서 편지가 왔다
그 밤의 흙비에 목련의 꽃이 지고 오늘은
종일 흐릴 뿐이었다 대낮에도 불 밝힌
가로등은 불길하게 깜박거렸다
세상이 방전되고 있었다

우리가 목련의 滿開까지 걸어왔던 시간보다
꽃잎들이 가야 할 마지막 길은 멀어 보였다
목련이 지고 있다는 답장을 썼지만
보내지는 못했다 그래서였을 것이다
새들은 죽은 나뭇가지로
더는 집을 짓지 못하고 떠나는 봄을
배웅하였다 기약이 없어서 처연하였다

잠실의 어두운 거리

날이 추워지자 감기처럼
사소한 외출도 점점 길어진다
지상의 잠실은 늘 서두르는 귀가였고
몸 밖은 언제나 미궁이란 걸 알고 있는 듯
그러나 사람들은 낡은 명주실 푸는 대신
지갑에 정액권을 넣고 다닌다

나는 어느 위험한 처마 밑에 서서
헝클어진 거리를 향해 입김을 분다
날숨은 빠르게 우주 속으로 사라진다
매일 밤의 처소가 그러하듯
펴서 말리면 한 평 안 되는 몸집에 다시
찬 공기가 들어와 데워지는 사이
잠실에서는 어린 새 한 마리 離巢하고 있다

자살한 어느 가수의 노래처럼 택시가
경적을 울리며 지나가자 몸이 우 하며 기운다
기운 머리 위로 호텔은 크다 아니 그 위

투명해진 몸으로 집을 짓던 누에가
문득 실 뽑기를 단념하고 허리를 세우듯
미궁의 저녁 서편에 초사흘 달이 뜬다
아니 멀리서 걸어온 달이 지고 있다

사월

황사주의보가 내렸다 비는 오지 않았다
사람들은 아이들의 피를 발라 문틈을 메우고
촘촘한 우주의 적막을 주문처럼 외워야 했다
한때의 사랑이 혁명이 세상의 모든 맹세들이
분진으로 떠돌았다
붉고 노란 꽃들의 異口同聲으로
사월은 활짝 피었는데 꽃 그늘은 흉한 소문으로
점점 야위어갔다
새로 태어나는 아이들은 망명을 희망했으나
부모들은 손 씻은 물을 몰래 버리면서
죄 지은 봄이 빨리 해제되기를 기다렸다

여름날 저녁

내가 그 여름을 떠나면서
여름은 언제나 헛된 저녁이었다
저물녘이면 헐렁한 반바지에 슬리퍼를
질질 끌면서 아무렇게나 자란 풀들의 길을 따라
내일을 희롱하며 내가 걷고 있었다 그럴 때면
바람이 터진 기억의 솔기를 자꾸 꿰매며
나를 밀어내는 탓인지 그때의 들풀 냄새가
나는 듯할 뿐이어서 더욱 손을 내저어 보는데
그럴수록 멀찍이 물러서는 냇물과 산그늘이 있었고
다만 저녁의 푸른 집들만 도드라져서
손 앞에서 잡힐 것만 같았다 여름날 저녁
세상의 모든 윤곽선들은 반듯하였지만
믿을 수가 없었다 오늘의 일과를 마치며
집으로 돌아가는 간선도로의 질주 아래
새 한 마리 날지 않는 추억의 박제가
또 산산이 깨어져 있었다

두 눈 감았다 다시 뜨면

그럼 안녕! 그리고 나는
어렵지 않게 2001년 가을이라고 쓰고
제 몸에서 쏟아져 나온 글자들의
어두운 잉크가 굳게 마르기를 기다린다
마른 것들을 단단히 봉하는 것으로
나의 예의는 끝났다고 생각하는데
웬 통증일까 들여다보니 가슴에서 새어나오는
흰빛의 구멍 저편에서 노려보는

그때 나는 샘물 같은 소년이었고
한쪽 눈을 감고 가늠자 구멍으로 가늠해본
이천년대는 삼십대 후반쯤이었고
대나무 총구 끝에 걸린 아득한 시간은
화약연기처럼 아물거렸는데 장독 뒤에 숨어
적이 나타나기를 기다리다 쳐다본 햇살
핑 도는 두 눈을 꾹 감았다
다시 떠보니 서른아홉 살 가을이
차가운 물처럼 온몸에 차오른다

나에게 총을 쏜 것은
정작 바람 속에 숨어 있었는데
인사도 없이 떠나왔구나 가련한 敵들아
내가 눈을 깜박거리는 사이에 지나갔을
사랑 혹은 이별들아
그때에는 연필로 편지를 썼을 테지
오지 않을 답장을 오래 기다렸을 테지 허나
읽지 못한 그대들의 사연들도 궁금하지만
내 다시 두 눈 감았다 뜨면

씀바귀

봄마다 내 발 밑을
이름도 모르는 저 풀꽃들이
하염없이 맴돌 때에도
나는 바람에 떠밀려 다니기만 했는데
끝내 어두워진 현관에 서서 몸을 털면
오월의 여섯시 같은 것들만 동전처럼
발 아래로 떨어질 뿐이었다
신발 뒤축은 비스듬히 닳아갔다

씀바귀는
국화과의 다년생 풀이름이다
뿌리가 곧고 길어서
아무 데서나 잘 자란다
온몸이 쓴 것은 꽃을 피우기 위함이다
그 꽃이 그 꽃인지 아는 사람은
많지가 않다

지상의 가을

보세요 당신
무엇인가 절정에 이른다는 것은
얼마나 아름다운지

제 속의 빛들을
온 힘으로 소진하는
저 나무들의
붉고 찬란한 예감

가을은
치명적으로 깊어만 가는데
내 어린 딸은
저렇게 즐거워도 되는 건가요
지상은 마지막 가을인 듯
지독하게 단풍 드는데

아! 사바나의 빗소리

다름 아닌 빗소리입니다
안 보아도 그 소리 알 수 있는 것은
인류의 오래된 문명이지요
끼니때가 되어 거리를 어슬렁거리던 사람들
비를 피해 편의점 안으로 뛰어들 거구요
발톱을 세운 빗줄기의 殺意에
우산을 사는 몇 푼의 미래가 있답니다

빗소리를 들으며 스테이크를 먹는
유리창 바깥의 평안
험악한 창 안에서는 빗방울들이
자꾸 창 밖 사람들을 들여다보네요
유리창을 마구 두드리며 뭐라 말하려는 듯한데요
투명한 벽에 둘러싸인 나이프와 포크의 행복을
정갈한 우리들의 식사를
비 따위의 아비규환이 어찌 알겠어요

베개에 고이는 빗소리 들으며 오늘밤

포식한 짐승처럼 잠들 수 있는 것은
빗속의 狼狽를 모면한 행운 같은 거지요
지혜롭게 진화한 인류이지요 그런데
들리시나요 당신의 지붕에서 나는 저 소리
잘 들어보세요 비에는 소리가 없지요
그건 비 맞는 세상이 내는 소리랍니다

* 浪(낭)과 狽(패)는 모두 이리를 뜻한다.

봄날

새들이 깃털 속의 바람을 풀어내면
먼바다에서는 배들이 풍랑에 길을 잃고는 하였다
오전 11시의 봄날이 이렇게 무사히 지나가는 것은
저 작은 새들이 바람을 품으며 날기 때문인 걸
적막한 개나리 꽃 그늘이 말해줘서 알았다
이런 때에 나는 상오의 낮달보다도 스스로
민들레인 그 꽃보다도 못하였다
나를 등지고 앉은 그 풍경에
한없이 귀를 기울이고 있는
나는 바보 같았다

환자들

길을 가다가 불현듯
가스는 잠그고 나왔을까 또
난로는 켜 둔 것이 아닐까 병이
더 깊어지면 말입니다
발로 비벼 끈 담뱃불이나 이별 같은 것들도
자꾸 돌아보게 만드는데요 그게 말입니다
달아오른 난로나 끓어 넘친 가스레인지
한동안 외로움에 지지직거리던 TV의 마음에도
요새는 안전장치가 있어서 제풀에 꺼지더라
이 말입니다 새카맣게 타버리지는 않더란 말입니다
꼭 죽지 않을 만큼만 죽고 싶다가도
금방 멀쩡하더란 말입니다 신기하게도
다시 불이 붙더란 말입니다
세상 도처에 깔린 안전장치들
너무 안심이란 말입니다

새들에게 새벽을 묻는다

모든 나무가 세월을 짐 지고 있으니
새들은 어느 가지에서 울어야 하나

초승처럼 흰 저녁의 가지에서 새들도
새벽에는 그믐의 가지로 건너갈 터인데
정처 없는 가벼운 몸들
깊은 꿈속에도 날아와 함부로 둥지를 튼다

그러면 나는 이마가 서늘해지고
늪 속의 나무처럼 잠에서 깬다
이 기억은 꿈인가 전날의 다짐인가
가련한 몸은 왼쪽 아니면 오른쪽으로
뒤채이기만 할 뿐 몸 위로 차분 차분
내려앉는 이것 밝지도 어둡지도 않은
이 밝은 어둠

그러나 서서히 몸은 밝음 쪽으로 기운다
내일이었던 그것을 나는 당연히

오늘이라고 부르고 싶었는데

그랬는데
어느 가지에 앉아 우는 새소리일까
헛똑또옥 헛똑또옥
바람 속에 쐐기를 박는 소리
未明의 소쩍새 우는 소리

어떤 臨終

예법에 이르기를
사람은 장차 죽을 때를 알거늘
진창을 헤매다가 지치면
볕 잘 드는 창가에 와 눕는다 한다
또한, 환자들의 침대는 늘 동서로 길고
죄가 무거울수록 입원실의 층수는 높아지는데
종내에는 하늘에 오르지 못하고
지하실로 떨어진다 하였다

시간의 썩은 물 고여 딱딱해진 간도
병원 침대보다도 짧은 생애를 어쩌지 못하노라
잠시 잠든 순간에도 토해내야 할 것 많아서
그치지 않는 딸꾹질의 남편
을 위해
늙은 아내
바닥에 흘린 피 닦기를 멈추지 않고

또 예법에 기록되기를

병실 창문이 너무 더러우니
닦고 닦으면 맑은 세상으로 갈 수 있으리오
몸과 마음을 깨끗이 한 다음
조용히 앉아서 숨이 끊어지기를 기다릴지라

경계경보가 해제되었습니다

오후 네시쯤 눈이 왔다
제법 굵은 눈발이었으나 습관처럼 불안했다
눈 위에 눈은 덮이지 못하고
걸음을 덮지 못하고 잠시 길만 젖었다
하늘 저편은 다시 투명해지기 시작하고
좁쌀처럼 눈발은 곧 끈기를 잃어갔다
많은 사람들은 태평성대에서 발을 굴렀다
설핏 스치는 꿈으로는 고향의 낮은 지붕들을
다 볼 수 없었으리라
툭 툭 끊어지는 눈밭의 새소리를
온전히 들을 수 없었으리라
경계경보가 해제되듯
개의치 않게 마른 저녁이 왔다

우리 외할머니네 집

고향으로 가는 길을 얽힌 실타래 풀듯 풀어가면
대관령 굽은 길이 끝나는 곳 금산쯤에
내 외갓집이 있다

차곡차곡 쌓여 높아진 페이브먼트
한 겹 한 겹 벗겨나가면 흙먼지 길 옆에
담배 팔고 옥수수 쪄서 팔던 오래된 정거장이 보인다

벽오동 그늘에서 닭들은 알을 품고
뒷산의 삵쾡이는 훔친 닭의 사지를 뜯고 있는데
넓은 마당에서 나는 보이지 않는 적을 향해
아직도 대나무칼을 휘두르고 있구나

사랑 밖의 맨드라미여 눈물을 흘리지 마라
사라진 봇도랑의 미꾸라지들이
버려진 산 밑의 우물이
적들에게 들이댄 우리의 칼을
더욱 빛나게 할 것이다

강을 거슬러 올라가면 모래톱 마을이 있다

적막한 오전에 모래톱으로 나간 아이들
집을 짓거나 배를 띄우기도 하였다
물새들은 깃털이 물에 닿지 않는
높이의 영혼을 다스릴 뿐이고
해는 바다에서 떠서 저녁의 嶺을 넘을 때까지
강의 기슭을 침범하지 않았다
날이 저물자 아이들은 주머니의 모래를 털며
그리운 아내와 남편이 되기 위해서 헤어졌다

제방은 철길 아래의 굴을 지나 바다로 이어졌는데
염색집과 천변시장과 큰 교회당 앞뜰을 지나면
점점 물의 길은 넓어져 강 건너편의 나무가
어떤 표정으로 바람에 나부끼는지 볼 수가 없었다
여학생이 된 여자아이들은 여름이 되어도
해수욕을 하지 않았고 길거리 빵집에서 소년을
우연히 만났지만 아는 체를 하지 못하였다

강의 하구에서는 준설의 날들이 늘었다
방파제가 첩첩 세워졌지만
가끔 바닷물은 역류하여 농사를 망쳤다
그리고 사랑은 영영 다시 오지 않았다
嶺을 넘어 도회지로 간 사람들은
수취불명의 엽서에 한없이 긴 편지를 써야 했다

나는 도끼를 메고 숲속으로 들어간다

이빨 단단한 도끼로 힘껏
참나무를 내리쳐 보면 알게 된다
원래 나무와 쇠가 한몸이었다는 것
그러던 것이 서로 흘레 붙어 새끼를 까고
또 새끼를 까서 먼 후일 어느 월요일엔
병원에 가고 수요일에는 외로워지다가
술집으로 향하는 금요일 오후 일곱시
나는 나무들과 마주 앉아 술을 마시는데

참나무에 박힌 도끼여
너희들의 야합을 나는 용서하지 않으리
水 木 火 土 金 돌고 돌아서
물이 불을 길러내고
나무에서 쇠붙이가 자라는 저들의 결속
그것은 옳지 않다 부당하다
월요일 지나면 또 월요일이다
길은 곧게 집과 숲을 내통하고 그러므로
나는 도끼를 메고 숲속으로 들어간다

3
쓸쓸한 향기

쓸쓸한 향기

봄날 그 꽃향기들이 그러하였듯이
나는 아무것도 기억하지 못합니다
꽃은 시들도록 열심히 피었을 뿐입니다
내가 오랫동안 바람 속에 앉아 있는 동안에도
여러 꽃들이 연달아 피고 졌던 것처럼
내 몸을 제 촙으로 스미고 흩어진 사람들
어디에선가 머리 위로 눈물 같은
구름을 피워 올리겠지만 그때
아무 냄새도 없는 구름들은 슬픈 짐승처럼
내게로 걸어와서 또 걸어나가겠지만
내 몸에 쌓인 그대들의 나는
오늘 나는 한없이 쓸쓸한 향기입니다

에스컬레이터

나는 지금 푸른 스커트 밑으로 드러난
누군가의 종아리를 들여다보고 있습니다
오래된 미로 하나를 어쩔 수 없이
쳐다보아야 하는 나의 방향은 결국
나를 스쳐 내려가는 한 사내가 결정한 것입니다

그러니까 나는 가만히 서 있었을 뿐인데요
종점도 없이 순환하는 지하철과
문이 열리면 우르르 쏟아져 나오는 귀갓길과
내가 알지도 못하는 어떤 사내로 인해
단지 나는 내가 아니었던 것입니다

이 길은 필경 지상의 입구로 향해 있습니다
그곳에는 나의 이름을 가슴에 단 마을버스가
선명하게 달려오고 있겠지요 마치
나무들이 계절의 이름을 지어주는 것처럼 말입니다

이제 바람 소리가 들립니다 에스컬레이터는 곧

환하게 끝이 날 것입니다 그러나 어쩌겠어요
아직 나는 흰 종아리일 뿐인 것을요 마침내는
내가 그냥 서 있었다고 말할 수밖에 없겠습니다

가시論

오늘은 가시에 대해 얘기하겠습니다

그보다 먼저 식탁에 대해 말하자면
식탁이 네모난 것이나 둥근 것만 있는 것이
아니라는 것을 물론 알고 계시지요?

아버지가 바다로 걸어 들어가시고 나자
나는 미루나무 식탁 하나를 깎아야 했습니다
아침마다 젖은 몸으로 식탁에 돌아와야 했습니다

그러던 어느 날
먼 길 걸어 내 식탁에 오른
꽁치 한 마리 낮이 익기도 하였습니다

창 밖 나무의 가지들이 무심한 아침이었는데
가시는 길 잃은 별처럼 내 목 깊숙이 박혀
밥을 밀어 넣어도 거친 생각을 삼켜보아도
두 눈을 말똥거릴 뿐이었습니다

오늘도 내가 문을 나서면
아내는 식탁을 치울 것이고
식기들은 다시 허공에 걸려 달그락거릴 것입니다

그러나 가시는
오랫동안 내 목구멍에 걸려 까끌거리고 따갑겠지만
그도 삭으면 내 몸이 되지 않겠습니까?

나무 계단에 관한 오래 전 이야기

사진관이 이층에 세들어 있는
오래된 그 목조 건물에 바람이 불면
이빨을 가진 모든 것들이 다 모여들었다
베레모를 즐겨 쓰던 사진사나 그의 딸보다
좁고 가파른 계단에서 들려오던 발소리가
나의 유일한 손님이었다

등받이 없는 회전 의자에 앉아 문틈을 엿보면
올라오는 계단과 내려오는 계단이 만나
내 시야를 이루는 한 평의 오늘이 있었다
그곳은 어두운 사진의 세계였고 사람들은
그곳에서 몸을 돌려 다시 오르거나 내려갔을 것이다

가끔은 난간에 나가 목을 빼고 내려다보기도 하였지
만
계단의 입구에서 어른거리는 빛의 흔들림만 겨우 보
였고
나를 관통하는 어둡고 경사진 나무계단에는 여전히

바람 소리에 물어뜯기는 발소리만 요란했는데
삼십 년이 더 지난 지금까지 통증 가득한 시야에는
아무도 나타나지는 않았다

그러므로 내게로 다가오는 발소리를 아직도 나는 번
역할 수 없다
내가 손을 잡았던 사진관집 딸이 다만 어디쯤에서 홀
로 늙어가듯
나무 계단에 관한 오래 전 이야기는 이렇게 전할 수밖
에 없는 것이다

자작나무 흰 몸

고등학교를 마치고
서울로 올라오던 겨울은
그해 겨울의 굳은 바람 소리는 지금
무엇을 할까 그날 저녁이 分家였음을
오랜 후에야 알았지만 그때 나는
대관령 너머 진부나 장평쯤에서 잠이 들었고
상고를 나와 자동차공장에 취직한 친구며
삼천이백 원 하던 강릉 발 중앙고속의 날랜 사자며
嶺西의 개천들처럼 서쪽으로 흐르던
어수선한 꿈들 밖으로 눈이 내려
섣부르게 차창에 와 부딪히던 눈발들
사이로 언뜻 언뜻 보이던……
그때 고향에 두고 온 것들 이를테면
눈 맞으며 손 흔들어주던 사랑도 이제는
쌓이고 녹고 하여 또 내일처럼 낡아갔는데
영동고속도로 길가의 자작나무들
흰 몸들 내가 타관에서 시들어갈 때
이따금 나를 찾아와 주고는 하였는데

귓속말로 뭐라고 말하고는 하는데
또 봄인데

天山天池

그해 여름, 혹은 중국 변방의 어느 오지
라고 말하기에는 내 삶이 너무 무거웠는지
자꾸만 바람은 불고 붉은 모래 먼지로
내가 길을 잃었을 때 더러운 화장실 앞에서
이민족의 여인이 헤프게 웃고
끊어진 철로변에선 붉은 깃발들이 이따금
낯선 행려에 무표정한 눈길을 주고는 하였는데
그때 사막 한가운데 잘 싼 똥처럼 길이 나타났고
눈 덮인 정상을 향해 휘돌아 오르는 길 지겨워질
즈음에 天池가 있다고 사람들 수군거렸지만
걸음을 낭비한 탓이었을까 내가 싸놓은 생애처럼
어깨에 짊어진 짐이 너무 무거워
天山 위의 天池에 나는 오를 수가 없었네

* 황량한 실크로드를 가로지르는 천산산맥, 우루무치 근처의
  어느 산정에 天池라는 맑은 호수가 있다.

아름다운 저녁 .

살아 있는 모든 것들의
일제히 소리가 사라지고
언제나 저녁이 오면 얼마나 좋을까
말로 이룰 수 없는 것들이
거리를 활보하는 저녁
내가 사는 도시의 길들은 한없이
온순해져서 길 잃은 자들이
아름다워지는 때 행간을 읽듯
사람과 사람 사이에 서면
창백한 가로등 대신 환해지는
이 침묵의 점등 그러면
멀리 있는 것들이 그리워지는 때

외할머니의 오이꼭지

손등에 사마귀를
쓴 오이꼭지로
다스리시는 외할머니

가뭄에 말라 비틀어진
세상의 쓴맛을
온몸에 지닌
오이의

꼭지만 잘라
내 손등 사마귀에
쓴 물을 들이시고는

마당 귀퉁이에
죽은 아이처럼 꼭지를
곱게 묻어두시고는
꼭지가 썩으면
사마귀도 같이 썩는다고 하시더니

그 여름 끝에
외할머니
오이꼭지 곁으로 가시더니
내 사마귀
감쪽같이 사라지더니

우산을 쓰다

어제는 꽃잎이 지고
오늘은 비가 온다고 쓴다
현관에 쌓인 꽃잎들의 오랜 가뭄처럼
바싹 마른 나의 안부에서도
이제는 빗방울 냄새가 나느냐고
추신한다

좁고 긴 대롱을 따라
서둘러 우산을 펴는 일이
우체국 찾아가는 길만큼 낯설 것인데
오래 구겨진 우산은 쉽게 젖지 못하고
마른 날들은 쉽게 접히지 않을 터인데

빗소리처럼 오랜만에
네 생각이 났다고 쓴다
여러 날들 동안 비가 오지 않아서
많은 것들이 말라 버렸다고
비 맞는 마음에는 아직

가뭄에서 환도하지 못한 것들이
많아서 너무 미안하다고 쓴다

우습게도 이미 마음은
오래 전부터 진창이었다고
쓰지 않는다
우산을 쓴다

붉은 지붕의 하늘

　파도가 끝없이 밀려오는 것처럼 기와가 물고 물린 고
향집 붉은 지붕의 용마루에 올라앉아 연을 날리던 날이
많았다 그때 흙기와는 따뜻했고 하늘은 부드러웠는데
마디마디에 깃털을 달고 날아오르는 바람에도 연은 자
주 뒷마당 장독대에 떨어지고는 하였다 어머니의 호명
이 저녁밥 끓는 소리처럼 골목을 넘치고도 오랫동안 아
버지의 밥그릇은 아랫목에 묻혀 있었고 밥 안의 감자를
빼먹다가 훔쳐본 잔금들 유약으로 반들거리는 밥뚜껑
속에 빼곡하게 적혀 있는 흙의 행로처럼 다음날에는 연
꼬리를 점점 더 길게 달아야 했다 연을 높이 날리기 위
해서 바람을 힘껏 등져야 한다고 아버지는 말했지만 그
가 사온 군만두가 밤새 딱딱해져서 갈수록 가족들을 곤
란하게 했다 불의 기운을 타고난 기왓장이나 사기그릇
들도 보이지 않는 바람의 집착에는 어쩔 수 없다는 것
을 눈치챘는지 꾀가 생긴 아이들은 커가면서 거리에 흩
어진 사금파리를 몰래 갈기 시작했다 그 파리한 비늘들
을 연줄에 먹이고는 붉은 지붕의 하늘에 높이 연을 날
리는 것이었다

고독한 배경

남쪽에서 불던 바람은
어디로 갔을까 어두워지면
더욱 선명해지는 꽃가지의
돌아선 어깨가 잠시 흔들리더니
우리 깊었던 시절의 그 꽃잎이 집니다
어쩌지 못하고 그 자리를 지키는
나무의 외로움을 지나치며 나는
꽃들의 향기와 그대의 발소리와
가지 끝에 걸린 나의
바람부는 밤들만 생각했습니다
꽃 진 가지 너머
창백하게 넓어진 하늘이
아무도 모르는 그 여윈 손으로
가지를 어둡도록 매만지는 걸
오랫동안 눈치채지 못했습니다

대관령 깃발

제한속도 40km의 굽은 대관령 길을 오르며
새벽 5시 과속으로 서울 간다
가끔 고향에서 치르는 하룻밤의 문상에
죽음이 할 수 있는 일들은 고작
소주 몇 잔의 대작과 안주 같은 침묵뿐
해발 오백의 중턱쯤에서 한 떼의 낙엽이
길을 질러 윗골에서 아랫골로 귀신처럼 내려간다
나들이 가다가 사고로 몰살당한 어느 가족이었을까
어둡고도 가벼운 삶 여차하면 길 밖으로
곤두박질이 십상인 이향길에는
한겨울 무수한 별들만 날 환송하였다
간혹 이 캄캄한 밤에도 있구나 싶은
고향 가는 차들의 상향등에 깊숙이 눈 찔려
갓 태어난 아기처럼 나 세상을 더듬거릴 때
절대서행이나 추월금지 구간을 어떻게 지나왔는지
다시 동공은 어둠을 조절하고 어느덧
고향과 타향의 경계가 저기였던가 싶을 즈음
세차진 바람에 더욱 긴장하는 그믐의 깃발들

대관령 정상을 넘어가는 깃발들
도망치듯 멀어지는 누군가의 차폭등도
가물거리며 따라오라는 저 붉은 등도 그러나
오늘밤은 쉽게 손에 잡히지 않는다

첫사랑

장충동에 비가 온다
꽃잎들이 서둘러 지던 그 날
그녀와 함께 뛰어든 태극당 문 앞에서
비를 그으며 담배를 빼물었지만
예감처럼 자꾸만 성냥은 엇나가기만 하고
샴푸향기 잊혀지듯 그렇게 세월은 갔다
여름은 대체로 견딜 만하였는데
여름 위에 여름 또 여름 새로운 듯
새롭지 않게 여름 오면
급히 비를 피해 내 한 몸 겨우 가릴 때마다
비에 젖은 성냥갑만 늘었다 그래도
훨씬 많은 것은 비가 오지 않은 날들이었고
나뭇가지들은 가늘어지는 운명을 향해 걸어갔다
가늘어지기는 여름날 저녁의 비도 마찬가지였지만
그 후로 많은 저녁들이 나를 지나갔지만
발 아래 쌓인 세월은 귀갓길의 느린 걸음에도
낡은 간판처럼 가끔 벗겨지기도 하는 것이다
그러면 마른 꽃잎에게 묻는 안부처럼

들쳐보는 그 여름 저녁에는 여전히
버스만 무심하게 달리고 있었다
이별도 그대로였다
비가 오는 장충동 네거리 내 스물 두 살이
여태껏 그 자리에 서 있던 거였다

군불

겨울산 밑으로 날린 저녁연기가
서로를 껴안고 오랫동안 서성이다가
골짜기로 뿔뿔이 찬 서리되어 날아갈 즈음
서서히 식어가는 방구들에 첫잠을 뒤척거리며
한밤중에도 길에서 수군거리는 소리
멀리 대숲에서 부는 바람 소리를 들어야 했다
도망간 사람들, 얼어죽은 강아지
수상한 소문들로 긴 겨울밤의 꿈은
두툼한 솜이불에 말려 뒹굴다가
찬 바깥공기가 머리카락이며 콧등으로
찾아드는 때 다시 엉덩이가 뜨거워지면
정지에서는 외할머니가 소여물을 끓이는 것이었다
아직 동이 트기에는 이른 시간에 잠에서 깨어
마른 장작 같은 어둠을 깔고 앉으면
세상은 아직 막막한데 혼자 일어나 군불을 넣으며
전기장판에 전기를 넣으며
구불구불한 열선이 딸아이를 지나 아내를 지나
누구나 새벽에 일어나 군불을 넣을 나이에 이르면

보이지 않는 소문과 대숲의 바람소리와
소에게 먹일 여물을 먼저 생각하는 것일까

新귀촉도

—— 서역의 밤기차

신이나 삼아줄걸 슬픈 사연의
올올이 아로새긴 육날 메투리
은장도 푸른 날로 이냥 베어서
부질없는 이 머리털 엮어드릴걸
—— 서정주의 「귀촉도」 중에서

나 그대 떠나 멀리를 왔다
삼만 리 머나먼 서역에서는
해가 늦게 지더라 젖은 옷은 쉬 마르고
마음에 쓰는 내 사랑도 음차가 되어
차창 밖에선 바람이 알 수 없는 소리를 냈다
沙力을 다해 풍화되는 밤이었다
돌아보면 창밖은 언제나 실크로드였는데
그대가 슬픈 신을 삼는 동안에도
이곳의 나는 여전히 단단한 고비였다

멀리 떠나가면 내 안의 먼 곳도 보일까
우루무치에서 돈황 가는 새벽 한시의 驛숨가
그저 떠나거나 보내거나이듯

이별은 사막 한가운데의 정거장처럼
모래바람에도 쉽게 묻혀버리기도 하는데
모래 속으로 사라진 슬픈 유적을 지나는 것인지
간혹 기차는 심하게 덜커덩거린다 그러면
나는 기어이 제 칸에 누워 잠 못 드는 사람

나는 식민지의 시인처럼 차창의 나에게
손을 내밀어도 보고 내 사랑을 그려도 보는데
들여다보면 볼수록 유리에 비친 모습은 사라지고
내내 보일 듯만 하던 어둠의 풍경이 환해진다
그렇구나 황사들은 還都할 곳의 봄하늘을 읽으며
이 막막함에 누워 사막이었던 거였구나
열었다가 또 닫는 누군가의 손들로 이미 더러워진
커튼을 나도 닫으며 배낭의 한 쪽 귀를 연다
날은 쉬 밝아올 것 같지 않고
여의치 않은 그리움에 엎드려 미당을 읽는 파촉의 밤
기차는 귀촉 귀촉 흔들리며 참 한없이도 간다

   *고비: 서역에서는 대평원에 깔린 작은 돌멩이들을
    '고비(戈壁)' 라고 부른다

봄밤

날이 저물자 라일락꽃나무가 내게로 왔다
길의 바깥쪽으로 기운 것은 추억이었는데
몸이 아팠다 두리번거리며 찾아보아도
사람들로 어두워진 길에서 꽃나무는 여전히
보이지가 않았다 밤은 오직 깊어만 갔다
봄날의 여러 저녁 무렵 나는 늘 외로웠으나
스쳐가는 그 고독을 기억하지 못하고
흩날리는 벚꽃잎 사이의 밤으로
걸어 들어가고는 하였다 내일은 아름다워서
더욱 위험하였다 방법이 없었다

라일락 꽃향기가 밤에 더 짙어지는 이유를
모두 알았지만 아무도 말하지는 않았다
나는 줄곧 한 방향으로 걸으면서
내가 만난 꽃들을 노래했다 절망의 뿌리와
분노의 가지 두려움에 떠는 잎들에 대해서는
모른 체했다 생이 우리의 머리카락을
뒤로 날릴 때 꽃은 어김없이 바람에 지고

라일락 잎을 씹으며 배우던 사랑도 낡아갔다
오랫동안 봄밤은 창백했으나 오늘밤
나는 여기에 있다 가까운 어딘가에
그 나무가 있고 나의 추억은
어디로도 흘러가지 않는다

오래된 한옥

햇살이 몸에서 슬금슬금 빠져나가는 봄날
미음字 한옥이 순식간에 헐리어 제 속을 드러낸다
푸른빛의 족쇄에서 벗어나
땅으로 갈 것들은 땅으로 가고
먼지로 날아갈 것들은 먼지로 가고
참으로 오랫동안 손잡고 집이었던 것들이
뿔뿔이 거리로 나서는데
집의 부재를 눈치채지 못한 기왓장 몇 개
아직 제 삶인양 허공에 떠 있다
저들은 원래 하늘에 속한 것이었을까
바람의 몸을 하고
바람소리로 중얼거리는 기둥 없는 집
기둥은 누워도 기둥이고
허공의 기왓장은 여전히 지붕이고
올해 아버지는 잃을 것 없는 일흔이시다

척도

뜨자마자 지는 초생달을 보면서
나는 무엇을 생각합니까

母川의 돌 틈에서 장엄하게 숨을 거두는
연어들의 눈빛을 보며
나는 또 누구를 기억합니까

억만년을 날아와 내 눈에 박힌 저 별
소원을 다 빌기도 전에
빗금 하나로 사라지는데

어느 나무의 껍질이
바람에 툭 떨어지는 소리

지금은 쓸쓸한 밤하고도
아직은 오늘인데요
당신은 아직 거기
그대로 있는 건가요

봄날은 간다

담장 높은 그 집에도
달빛이 차곡차곡 쌓여
바람이 분 듯 붉은 꽃 하나 툭
천근으로 지더니

낮에는 봄비가 쇠공처럼 떨어지고
떨어지지 않으려고 나비가 연신
날개짓하던 그 허공을 향해

마당 구석에 누워
힘겹게 힘겹게 역기를
아니 달빛을 밀어올리는
그 남자

오래된 풍경, 그 이면에 대한 쓸쓸한 응시

유 성 호

(문학평론가 · 한국교원대학교 교수)

1

　심재휘 시인의 첫 시집 『적당히 쓸쓸하게 바람 부는』
은, 소멸해가는 풍경들 속에서 자신이 걸어온 오래된
시간을 쓸쓸하게 바라보고 있는 이채로운 화첩이다. 그
런데 시인이 시 속에 구성해내고 있는 풍경이나 사물들
은 감각적 충실성에 의해 그 외관이 사실적으로 재현되
지 않고, 오히려 그 배후에 숨겨 놓은 오래된 시간을 은
유하고 있는 경우가 많다. 말하자면 시인의 시선에 포
착되는 모든 풍경은 공간적 실재로 존재하는 것이 아니
라, 시간성에 의해 온전히 매개되어 있는 것들이다. 그
래서인지 심재휘의 시는 한결같이 사물에 대한 시간적
관심에서 발원하여, 그것을 자신이 걸어온 오래된 생의
형식으로 은유하는 불가피한 과정을 밟고 있다. 따라서
우리가 심재휘의 시를 한 편 한 편 따라 읽는 것은, 시
인의 특수한 개인사가 겪어온 시간의 적층(積層)을 탐사

하는 일이자, 모든 풍경의 배후에 있는 또 다른 사물의 존재 조건인 시간성에 대한 시적 탐색에 동참하는 일이 된다.

이번 시집을 일별한 경우, 우리는 시인의 기억과 집착이 유달리 완강하게 투사되고 있는 몇몇 기표들을 만날 수 있다. 물론 한 시인의 작품에서 가장 빈번하게 나타나는 어휘들을 귀납하여 그것을 통해 시인의 시적 욕망이나 지향을 읽는 일은, 어느 점에서 효율적이고 어느 점에서 '통계의 허구'가 될 가능성이 있다. 그러나, 의심할 여지도 없이, 시인이 오래도록 그리고 지속적으로 집착하고 매달리는 어떤 상징 체계나 비유의 형식이 있다면, 시인이 의식하고 지향하는 세계가 그 안에 어떤 형식으로든 농축되어 있다고 보아도 틀리지는 않을 것이다. 이번 시집의 경우, 그 핵심적 기표는 '오래된/바람/풍경(경치)'으로 좁혀질 수 있다. 시간성을 드러내는 '오래된'과 공간 지각 형식인 '풍경 혹은 경치'를 '바람'이 매개하고 있는 그림이 어렵지 않게 그려진다. 아닌게아니라, 심재휘 시인의 첫 시집은 '바람'의 흔적이 그려내는 '오래된 풍경'에 대한 쓸쓸한 바라봄의 기록이다.

이처럼 시인은 그가 치러온 40년 가까운 고투가 녹아 있는 첫 시집에서, 자신이 앞으로 세월을 거듭하면서 더욱 심화시켜갈 시적 원형(原形)들을 선보이고 있다.

물론 그것들은 아름다웠던 지난날에 대한 감상적 추억이나 좋아질 미래에 대한 밝은 희망을 위해서가 아니고, 시간의 무심한 흐름과 그 안에서 차츰차츰 소멸되어갈 수밖에 없는 운명에 대한 쓸쓸한 예감을 노래하기 위해 존재할 뿐이다. 시인은 그만큼 사물들의 존재 형식을 개선해 보거나, 그것들을 새로운 가치 체계로 이끌려는 지적인 모험을 감행하지 않는다. 다만 그는 사물들의 표면이 뿜어올리는 감각적 매혹보다는 그 외형의 이면에 존재하는 생의 ‘다른’ 형식을 투시하려는 간단치 않은 시적 욕망을 갖고 있다. 이 길지 않은 글은, 이 같은 심재휘 시인의 남다른 시적 욕망의 섬세함과 일관성에 대한 관찰의 결과이다.

2

앞에서도 말했듯이, 심재휘의 언어를 감싸고 있는 기본 요소는 ‘시간성’이다. 풍경의 외관을 묘사하거나 개괄하는 장면에서도 그는 그 풍경을 이루어왔을 무심한 시간의 퇴적에 눈길을 둔다. 그의 시에 빈번하게 묻어나는 쓸쓸함 또한 오래된 시간의 지층으로부터 번져나오는 어떤 것이다. 그래서 시인의 시선은 사물의 표면보다는 그 ‘속’ 곧 시간이 퇴적되어 있는 지층의 이면을 향한다.

　오늘은 그 작은 동굴의 끝을 향해/도리 없이 터벅터벅 걸어가야만 했을/외할머니와 그 굽은 등에 대해 생각하는/흐린 날입니다//대숲이 빛나는 오후에/외할머니의 디딜방아 밟는 소리/동굴에 숨어 듣기가 좋았으나 정작/매혹적이었던 것은 동굴이 내는/바람소리였습니다//그 소리를 따라 동굴로 들어가다 보면/어머니의 어머니로부터 멀어져/문득 등 굽은 디딜방아 소리가 그리워지지만/내가 흘려 놓은 그녀들의 밀전병은/어느 검은 새가 들고 갔을까요/얼굴에 와 닿는 이 어두운 바람의 냄새//생에 대한 예의는 동굴을 천천히 거닐며/어딘가에 있을 바람의 출구를 찾는 일 그러므로/오늘은 동굴 속의 산책을 생각하기에/적당히 쓸쓸하게 바람 부는 날입니다
——「동굴 속의 산책」 전문

　물론 시인이 떠올리고 있는 기억의 대상은 "외할머니와 그 굽은 등"이다. 이는 물론 외할머니가 생활의 무게를 이겨나가시던 실재적인 모습의 편린일 것이다. 시인은 그 외할머니가 밟는 디딜방아 소리를 동굴 속에서 듣기를 좋아했다. 그러나 정작 시인의 기억을 점령하고 있는 매혹의 대상은 "동굴이 내는 바람소리"였다. 그 바람의 소리와 향기를 따라 "동굴을 천천히 거닐며 어딘

가에 있을 바람의 출구를 찾는” “동굴 속의 산책”이야
말로 이 시인이 기억 속에서 행하고 있는 상상적 작업
의 원형이다.

'존재'란 하이데거적 문맥에서 보면 본질적이며 근원
적인 것, 비밀에 가득찬 형이상학적 힘이자 일종의 은
폐된 신성이다. 반면 '존재자'는 언어에 의해 현상된 개
체적 실재들이다. 존재 망각의 지층에서 '존재자'들을
호명함으로써 '존재'를 복원하고 개진하는 일이 시인의
직무라고 할 때, 이 시편은 기억 속의 '존재자'를 호명
함으로써 지층 아득히 묻혀 있는 '존재'를 상징적으로
재탐사하는 작품이 되고 있다. 그래서 “동굴을 천천히
거닐며/어딘가에 있을 바람의 출구를 찾는 일”은 곧바
로 '시'를 쓰는 일과 메타적 등가를 이룬다. “적당히 쓸
쓸하게 바람 부는 날”, 시인이 행하는 이러한 시적 몽상
은 참으로 오래된 기억 속을 거슬러가는 일이기는 하지
만, 그 “동굴 속의 산책”이야말로 지금도 변치 않고 거
듭되는 시인의 생의 형식이 되고 있는 것이다. 그러니
그것은 “생에 대한 예의”가 되고 있지 않은가. 그만큼
시인의 현재형이란 오래된 시간의 축적에 의해 형성되
고 유지되고 확산되어가는 어떤 것이다.

그런가 하면 시인의 눈에 포착된 온갖 사물의 현재형
또한 오래된 시간의 퇴적이 완성한 그 무엇이다. 이를
테면 “꽃이 한 나무에 내리기 위해 준비한 그 오랜 시간

도/바람 부는 아침의 어느 가지 위에 놓이고 나면/결국 꽃 한 송이의 무게로 흔들릴 뿐"(「봄꽃나무 한 그루」) 같은 장면은 시간의 오랜 축적과 빛나는 한 순간이 통합되고 있는 얼마나 절묘한 표현인가. "느티나무 밑을 지나는 오래된 귀가"(「오늘,」)나 "오래 눈에 익혀온 주름진 손"(「玄關, 그리고 벗어놓은 신발」), "오래된 미로 하나를 어쩔 수 없이/쳐다보아야 하는 나의 방향"(「에스컬레이터」) 같은 표현도 이 같은 시간의 오랜 착색을 보여주고 있고, "바람의 풍경은/오랫동안 거기에 매달려 있었다"(「來蘇寺 풍경소리」)든가 "내가 오랫동안 바람 속에 앉아 있는 동안에도/여러 꽃들이 연달아 피고 졌던 것처럼/내 몸을 제 香으로 스미고 흩어진 사람들"(「쓸쓸한 향기」)에 대한 기억들이나 "가지에 매달려 오래 바람에 시달렸던 나뭇잎들"(「북쪽 벽에 못을 박고」) 혹은 "담장 밖의 오래된 감나무"(「11월의 숲」) 등도 이 점에서 한결같이 예외가 아니다. 이처럼 심재휘 시인은 공간적 존재들을 한결같이 시간화하는 특유의 관성과 시선을 가지고 있다.

다음으로 심재휘 시인의 시선이 갖는 또 하나의 특성은 사물의 '이면' 속에 숨겨 있는 생의 형식을 상상하고 재구(再構)해낸다는 것이다. 그 대표적인 사례가 다음 작품이다.

산맥 같았던 것들이 밀리고 밀리면/동쪽 변방의 호숫
가 어느 오래된 나무/지나가는 물새가 잠시 해를 가리는
동안/새 혓바닥만한 버들잎이 한 몸 떨어진다/한순간 숨
을 멈추는 오전이었다/천지간에 해일처럼 살다가/막 지
워진 파문에 꽂혀 끝없이/죽음을 타전하는 작은 잎/투명
한 경계에 누워 하늘을 올려다보면/호수에 그늘을 드리
운 버드나무들의/반짝이는 오늘은 얼마나 평화스러운가
/잠시 흔들린 수초들의 그림자가 다시 꼿꼿해지고/수면
은 明鏡止水로 봄날이 가는데/흐린 물바닥에선 지붕이 날
아가고/전신주가 뿌리째 뽑히고/더 깊은 물 속에선 거대
한 별똥이/휙 제가 지나온 길을 손가락질하며/사라졌다
── 「바람의 경치 ― 경포호」 전문

이 작품은 시인이 세계를 응시하고 그것을 의미화하
는 기율이 어디에 근원을 두고 있는지를 보여주는 상징
적인 시편이다. 시인의 시선은 어느날 오전에 "동쪽 변
방의 호숫가 어느 오래된 나무"가 떨구는 이파리로부터
시작된다. 그 잎 하나는 "천지간에 해일처럼 살다가/막
지워진 파문에 꽂혀 끝없이/죽음을 타전하"고 있다. 그
리고 그 배후에 드리워진 하늘은 평화스럽게 호수를 비
추고 있다. 그러나 시인의 시선이 수면이 이루고 있는
"명경지수"의 평화를 지나 "흐린 물바닥"을 향할 때,
"바람의 경치"는 일순 다른 모습으로 그 육체를 바꾼다.

그 "물바닥"에서는 "지붕이 날아가고/전신주가 뿌리째 뽑히고/더 깊은 물 속에선 거대한 별똥이/휙 제가 지나온 길을 손가락질하며/사라"져버린 것이다.

경포호(鏡浦湖)의 이름처럼 아름답고 평화스런 호수의 표면과, 그 거죽 밑에 흐림과 뿌리뽑힘과 사라짐의 역동성을 내장하고 있는 호수의 이면을 교차시키고 있는 이 작품은, 그가 맨 처음에 바라본 "明鏡止水"의 수면이 오히려 생의 가상(假像)일 뿐이고, 그 아래에 온갖 카오스의 형상을 두른 채 죽음의 무게마저 싣고 있는 호수의 이면이 오히려 생의 불가항력적인 형식임을 말하고 있다. 이러한 접근법은 "알 수 없는 저수지의 깊이에 관해서/차고 기우는 것들에 대해 이야기"(「바람의 경치 − 낯선 마을의 달」)하는 그의 태도를 또 한 번 드러내주는 실례이다. 이처럼 심재휘 시인의 시선은 바람의 경치가 이루는 풍경 너머의 풍경을 향하고 있다. 그래서 그가 응시하는 "더 깊은 물 속"에는 오랜 시간의 퇴적과 함께, 시인이 '시'를 통해 이루려는 근원에의 투시 욕망이 담겨 있는 것이다.

3

이처럼 사물의 표면과 현재형보다는 그 속에 내재해

있는 이면과 시간의 축적을 투시하는 시인의 안목은 그의 시에 여러 이미지들을 불러온다. 우선 첫 이미지는 사물을 대할 때 갖는 '용서'의 자세와 시선에 의해 구축된다. 이때 '용서(容恕)'는 용납[容]하고 마음을 같이[如+心]하는 일로서, 윤리적인 우월성을 토대로 한 시혜적(施惠的) 너그러움과는 다른 것이다. "한 그루의 느티나무를,/용서하듯 쳐다볼 수 있다는 것만으로/나는 얼마나 행복한 것이냐"(「오늘,」)라든가 "미명 속으로 떨어지는 누군가의/젖은 발소리도 용서하고 싶었는데"(「안개, 여관, 물소리」), 혹은 "세월을 용서하며 서 있는 오래된/느티나무의 언덕에 오른다"(「玄關, 그리고 벗어놓은 신발」) 같은 진술은 그가 용서하는 대상이 '느티나무/젖은 발소리/세월'임을 보여줌으로써, 자신의 생이 진행되는 순간 조우한 사물들의 여러 존재 형식에 대해 용납하고 승인하고 열려 있는 자세를 보여준다고 할 수 있다.

다음 이미지는 시인이 줄곧 쓸쓸해하면서 생의 아름다움에 대해 노래한다는 사실에서 유래한다. 그래서 시인은 "생의 비밀을 훔쳐본 듯/내게로 온 투명한 하루가, 서서히/그러나 불치병처럼 벗겨지는 풍경을/홀로 지켜보는 일에 대하여, 단지/우리는 조금 쓸쓸해지면 그만이다"(「오늘,」)고 그 '쓸쓸함'의 자연스러움을 말한다. 그러면서 "왜/만질 수 없는 것들만 이렇게 아름다운지"

(「폴라로이드」) 혹은 "무엇인가 절정에 이른다는 것은/ 얼마나 아름다운지"(「지상의 가을」) 하면서 생의 아름 다움을 탐색한다. 그 쓸쓸함과 아름다움을 동시에 느끼 고 생각하는 시인의 행위는 '편지'를 쓰는 일로 가끔 은 유된다.

　　고속도로를 지나 국도와 또 어느 봄날/느티나무 저 높 은 가지 끝에도 물이 오를까/싶은 지방도로 끝난 곳에서 우리는 무슨 잎을/피우나 이제 그대에게 어떤 편지를 쓰 나/그리운 당신 더 쓸 말은 없구려 이만/생각하면 언제 나 누군가 옆에 있었건만/바다로 이어진 제방에 나는 늘 /혼자 앉아 있었던 거였다/산기슭에서 연을 날리던 아이 들은 바람 부는/들판을 쏘다니다가 어느 뻘밭에서 늙어 갔는지/포구의 폐선들 잔물결에도 일렁거린다 때때로/ 바람은 숲에 몸을 숨기고 우리를 노려보다가도/낄낄대며 나와 새들을 높이 날리곤 하였는데/새들이 바람을 몸에 품으며 바람의 영토에서/훨훨 벗어나는 걸 바람은 몰랐 던 거다/몰랐으므로 또한/새가 되지 못하는/나는/당도하 지 않은 그대의 소식처럼 떠돈다/그러나 떠도는 것은 그 대와 나의 운명/여관에서 밤새 썼던 나의 편지들이/우체 국 어두운 사서함 속에서 낡아가듯/그대 역시 마을의 거 리에서 혼자 늙어갈 테지/온몸에 바람의 문신을 새기며 쓸쓸할 테지/하지만 그대여 나는 내 얼굴을 스쳐 천천히

/지나가는 이 잔혹한 기운 속에다 이렇게 쓰려 한다/그
대와 함께 했던 날들은 감히 아름다웠다고

── 「바람의 경치」 전문

　공간을 이동하면서 시인은 지나온 시간들을 반추하고
있다. 지금 그는 혼자이다. 그러나 "그리운 당신 더 쓸
말은 없구려 이만/생각하면 언제나 누군가 옆에 있었고
/바다로 이어진 제방에 나는 늘 혼자였다"라는 표현은
그가 어떤 대상에 대해 결핍을 느끼고 있으나, 그 결핍
이 강렬한 그리움을 가져오지는 않는다. 다만 "포구의
폐선들"이나 "새들이 바람을 몸에 품으며 바람의 영토
에서/훨훨 벗어나는 걸" 몰랐던 바람같이 시인 스스로
도 "당도하지 않은 그대의 소식처럼 떠돈다"라고 말함
으로써, 자신의 유적(流謫)과 표박(漂泊)이 생의 불가피
한 원리임을 말하고 있을 뿐이다. 그 불가피성에 대한
운명적 승인이 '편지(시)'를 쓰는 일과 접목된다.
　"밤에 편지를 쓰지 않은 지가 오래 되었다/보고 싶은
사람들이 겉봉에서 낡아갔다"(「폭설」)든가 "후회는 한
평생 너무나 많은 편지를 썼다는 것이다"(「편지, 여관,
그리고 한 평생」)라는 도저한 반어(反語), "내가 눈을 깜
박거리는 사이에 지나갔을/사랑 혹은 이별들아/그때에
는 연필로 편지를 썼을 테지/오지 않을 답장을 오래 기
다렸을 테지"(「두 눈 감았다 다시 뜨면」) 같은 오랜 결

119

핌과 부재와 기다림과 홀로 있음의 연쇄적 이미지는 이 시인의 결핍이 결국 편지를 쓰는 일에서 치유되고 완성될 것임을 알려주는 사례들이다. 그래서 그는 "지나가는 이 잔혹한 기운 속에다 이렇게" 쓴다. "그대와 함께했던 날들은 감히 아름다웠다고".

어쩌면 내가 기운 것처럼 보인 것은/사람들이 바람을 제대로 못 본 탓일 게다/아니 저 바람 속에 뚫린 구멍 속으로/매일 조금씩 흘려 넣는 나의 영혼으로 인하여/나는 또 알 수 없는 곳으로 조금은/기울어 있는 것이다
―「기울어 있는」 중에서

그런데 사람들은 잘못 보고 있다. 시인은 "저 바람 속에 뚫린 구멍 속으로" 은폐된 충만을 엿보고 있는데, 사람들은 그 바람을 제대로 못 보고 있다. 여기서 "나는 또 알 수 없는 곳으로 조금은/기울어 있는 것"은 사물의 비의(秘意)를 근원적으로 읽으려는 시인의 편견에의 의지를 나타내는 소중한 언급이 아닐 수 없다. 어정쩡한 절충론과 중도론 그리고 사물들의 차이를 무화시키는 화해의 의지보다는 이러한 "기울어 있음"에 대한 의지가 바로 "활짝 핀 꽃나무의 풍경 하나를 보고 싶"(「봄꽃나무 한 그루」)게 하고, "가시는/오랫동안 내 목구멍에 걸려 까끌거리고 따갑겠지만/그도 삭으면 내 몸이 되지

않겠습니까?"(「가시論」)라는 참된 변증 과정을 갖고 오게도 하니까 말이다. "서로 닮은 가지들의 깜박거리는 불빛 속마다/조금씩 댜른 내가, 조금씩 다른 표정으로/앉아 있을 테지, 벗겨도 벗겨도 끝내/속내를 보여주지 않는 오늘"(「오늘,」) 같은 표현은 이처럼 화해되지 않는 균열된 자신에 대한 편견의 날카로움을 극명하게 보여주는 시인의 또 다른 특장이 아닐 수 없다. 그때 그는 "간혹/운명의 한 귀퉁이 벗겨진 칠 사이로/자신을 닮은 한 사람이 섬광처럼 지나가는 것을/볼 때도 있는 것이다"(「겨울의 질척거리는 밤거리」).

그 다음으로, 심재휘 시인이 갖고 있는 주된 이미지는 소멸해가는 사물의 이치에 대해 세심한 시선을 거두지 않는 데서 완성된다. 이는 물론 시간성에 대한 관심의 자연스런 연장선에서 나타나는 것이겠지만, 은폐되어 있는 사물의 존재 형식에 대한 투시 욕망의 자연스런 결과이기도 하다. 그 자리는 그리 밝지 않고 어둑하다.

예전처럼/새들을 불러모으는 숲속에서/연기처럼 새어
나온다거나/젖은 몸을 털며 물 속에서 천천히/걸어나온
다고 생각하지는 않는다/오늘은/사람들이 켜든 온갖 등
불의 발 밑에/어둠이 갑자기 와 얼룩으로 누워 있다

———「어둠은 어떻게 오나」 전문

어둠은 그의 시의 주된 배경이다. 다른 외인(外因)에 의해서가 아니라 "사람들이 켜든 온갖 등불의 발 밑에/어둠이 갑자기 와 얼룩으로 누워 있"는 자발적인 어둠이야말로, 그의 시가 지향하는 세계가 어둠을 극복한 낙관의 피안이 아니라, 실존의 자연스러운 어둑함이라는 것을 증명한다. 그래서 "꽃 진 가지 너머/창백하게 넓어진 하늘이/아무도 모르는 그 여윈 손으로/가지를 어둡도록 매만지는 걸/오랫동안 눈치채지 못했습니다"(「고독한 배경」)라는 고백도 가능한 것이 아닌가.

"내 몸 사라지고 오래도록 물소리만 가득 남을 뿐"(「안개, 여관, 물소리」)이라든가 "신발 뒤축은 비스듬히 닳아갔다"(「씀바귀」) 혹은 "무덤 같은 신발로 오래 걷다 보면/낯선 곳에서도 겨울은 맞을 만합니다"(「남쪽 마을을 지나며」) 같은 진술이 이 같은 소멸하는 풍경들에 대해 시인이 자연스럽게 승인하고 있음을 말해준다. "그 후로 많은 저녁들이 나를 지나갔지만/발 아래 쌓인 세월은 귀갓길의 느린 걸음에도/낡은 간판처럼 가끔 벗겨지기도 하는 것이다/그러면 마른 꽃잎에게 묻는 안부처럼/들쳐보는 그 여름 저녁에는 여전히/버스만 무심하게 달리고 있었다/이별도 그대로였다/비가 오는 장충동 네거리 내 스물두 살이/여태껏 그 자리에 서 있던 거였다"(「첫사랑」)라는 그의 시에서 보기 드문 자전적(自傳的) 서사에서도 소멸과 낡아감의 이미지는 그대로 생의 실

질을 이룬다. 그렇기 때문에 "푸른빛의 족쇄에서 벗어나/땅으로 갈 것들은 땅으로 가고/먼지로 날아갈 것들은 먼지로 가고/참으로 오랫동안 손잡고 집이었던 것들이/뿔뿔이 거리로 나서는데/집의 부재를 눈치채지 못한 기왓장 몇 개/아직 제 삶인양 허공에 떠 있다"(「오래된 한옥」)는 탁월한 묘사도 나오는 게 아니겠는가. 마찬가지로 그는 "생이 우리의 머리카락을/뒤로 날릴 때 꽃은 어김없이 바람에 지고/라일락 잎을 씹으며 배우던 사랑도 낡아갔다/오랫동안 봄밤은 창백했으나 오늘밤/나는 여기에 있다 가까운 어딘가에/그 나무가 있고 나의 추억은/어디로도 흘러가지 않는다"(「봄밤」)고 말할 수 있는 것이다.

마지막 하나, 시인은 유난히 자신의 유년에 대한 기억의 정보에 인색하다. "고향으로 가는 길을 얽힌 실타래 풀듯 풀어가면/대관령 굽은 길이 끝나는 곳 금산쯤에/내 외갓집이 있다"(「우리 외할머니네 집」)는 기억 외에는 그에게 특별한 유년의 기억은 없다. "그때 고향에 두고 온 것들 이를테면/눈 맞으며 손 흔들어주던 사랑도 이제는/쌓이고 녹고 하여 또 내일처럼 낡아갔는데/영동고속도로 길가의 자작나무들/흰 몸들 내가 타관에서 시들어갈 때/이따금 나를 찾아와 주고는 하였는데/귓속말로 뭐라고 말하고는 하는데"(「자작나무 흰 몸」) 같은 구절로 미루어, 풍부한 서사를 내장하고 있을 법도 한데,

시인은 그저 무심하게 흐른 시간을 사물에 채색하고 있을 뿐이다. 물론 「붉은 지붕의 하늘」이라는 작품이 유년의 서사를 한 부분에서 응축하고는 있지만, 대부분 그것은 미화된 과거도 아니고 그리움의 대상으로서의 태반(胎盤)도 아니다. 그저 "차창 밖으로는 바람이 시간처럼 미끄러지"(「Virtual Reality」)고 있을 뿐이다.

이처럼 시간성의 원리에 의해 시를 쓰면서도 유년 회귀에의 손쉬운 유혹에 빠지지 않는 시인의 특성은, 유년에의 기억 편향이 하나의 추세가 되어 있는 우리 시단에서 이채로운 속성이 아닐 수 없다. 혹시 이것이 그가 낙관적인 감상성이나 삶의 미학화를 꾀하는 시인이라기보다는, 생의 쓸쓸한 소멸의 형식을 승인하고 그것을 오래도록 응시하는 시인임을 알려주는 또 하나의 지표는 아닐까.

4

결국 서정시는 시간 예술이다. 서정시의 작법이 시간의 흐름에 의해 완성되고, 작품을 향수하는 데 시간의 흐름이 동반된다는 측면에서 시간 예술로서의 서정시의 속성은 분명해 보인다. 그러나 생각을 달리 하면, 서정시가 '시간' 자체를 주제로 하는 예술이라는 측면에서도 그 같은 진술은 가능하다. 서정시를 생의 순간적 파악에 기초한 언어 예술로 정의한다고 해도 마찬가지이다. 그 순간이란 오랜 시간의 흐름이 온축되어 있는 '충만한 현재형' 이니까 말이다.

심재휘의 시는 이 점에서 시간 예술의 한 전형으로 기억될 만하다. 모르긴 몰라도 시인의 심층(心層/深層)에는 강릉에서 서울까지의 공간 거리조차 시간으로 환원되어 있을 것이다. 그것이 세계내적 존재로서 치르는 그의 생의 형식이다. 미분화된 원초적 통일성에 대한 향수가 아니라, 그 원초적 통일성이 여러 군데 균열되어 있고 나아가 불구의 형식으로나마 생은 지속될 것이라는 건조한 통찰을 개입시키고 있는 그의 시는, 그래서 나르시시즘의 치명적인 자기 중심성을 벗어나고 있는 것이다.

그에게서 삶이란 어떤 완성형을 상정하는 관념이 아니라, 늘 가변성의 문맥 속에 놓인 채 스스로를 소진해 가는 과정적인 어떤 것이다. 그렇기 때문에 심재휘 시인은 당분간 '근원' 에 대한 표박과 회귀의 끝없는 변증 과정을 시로 써갈 것이다. 이번 첫 시집은 그 같은 시인의 의지와 생각과 태도와 작법이 놀라운 일관성으로 나타난 성과이다.

심재휘 시인의 약력

1963년 강릉에서 태어남. 고려대 국문과 및 동대학원 졸업.
1997년 《작가세계》 신인상으로 등단.
2002년 제8회 〈현대시 동인상〉 수상.
저서로는 『한국현대시와 시간』이 있으며,
현재 대진대학교 문예창작학과 교수로 재직중.

적당히 쓸쓸하게 바람 부는
심재휘 시집

•

초판 1쇄 발행일   2002년 11월 27일
지은이 · 심재휘
펴낸이 · 김종해
펴낸곳 · 문학세계사
주소 · 서울시 마포구 신수동 345-5(121-110)
전화 · 702-1800, 702-7031~3 / 팩시밀리 · 702-0084
이메일 · mail@msp21.co.kr   www.msp21.co.kr
출판등록 · 제21-108호(1979.5.16)

값 5,500원

ISBN 89-7075-269-2   03810
ⓒ심재휘, 2002

＊저자와의 협의에 의하여 인지를 생략합니다.
＊이 책은 한국문예진흥원의 창작지원금을 받아 출간되었습니다.